瀧沢宏子歌集

凪の人

青磁社

風の人＊目次

I

瀧沢宏子歌集

風の人

I

青麦の穂

真っすぐに天指す緑の麦の穂はわれの心を静かに鼓舞す

緑から明るい黄色へ深み増し黄金色へと輝く麦の

麦の上を乾いた風が渡る時かすかな陰影生まれ去りゆく

差し込める夕日に麦が照らされて穂より光を放ちはじめる

噂には負けてはならじ背を伸ばし青麦《むぎ》のようにすっくと立とう

凍てつける白い大地のエネルギーの世界をゆるめ春の訪れ

蕗の薹冬を剝がしてゆくように花蕊昇らす残雪の中

冬の去り厨の隅に玉葱は春待ちかねて緑《あお》き芽を吹く

風

芽吹きたる先から生《あ》れし風なるや心なごませ渡りゆきたり

木漏れ日を透す緑の濃淡は風の一座のエチュードならん

新緑の芝生に影を描きつつ真鯉緋鯉はゆらり泳げり

渡りくる風は軽やか草木の全ての翠を深めゆく午後

言いたきを言い出せずいる街角に背中を押せる風の吹き来る

トンネルの出口に見える新緑に向かいて心放たれてゆく

結び目をいつしかほどき吹く風に装い白と決めて出かける

六月の風はややに湿り帯び風に向かいてしばし瞑目

どなたとも言葉交わさぬ一日《ひとひ》なり　ぬくき風持つ夫の帰宅

モノクロームの世界へ

醒めたれば静まり返る恐怖感集中治療室《ICU》は無機質のにおい

医師ごとに名前と年齢問われおりＩＣＵのマニュアルどおりに

瞬きの音さえ聞けるかＩＣＵに医師もナースも音なく動く

ＩＣＵの目ばかり光る予防衣にて一日三度夫は現る

死ぬことはそんなに怖くありませんストンと落ちるそれだけのこと

柝が打たれ歌舞伎のごとく暗転すわが病名は「くも膜下出血」

唐突にモノクロームの世界へ投げ出され夫の両手に軟着陸す

醒めやらぬモノクロームの世界より戻りきたれば秋まっ盛り

身動きの出来ぬ生命維持装置に日々の印は何処につけよう

何気なく後頭部へと手をやるに髪なき箇所あり病床二十日目

麻痺・障害・死亡あるいは植物化おどろおどろの医師説明書《インフォームドコンセント》

おぞましき言葉の並ぶ医師説明書《インフォームドコンセント》夫の日記に秘かに挟まる

わが輩は宇宙人なり管二本頭より出して病床にいる

脳血管れん縮パイプを抜きしのち術部の窪み　生きいる証

脳圧の下がるまでを外したるわが頭蓋骨は冷凍庫の中

「骨入れ」と主治医は易く言いたれど全身麻酔三度目の手術

排水口に残れる髪のいとおしき術後に伸びたる二センチほどの

目覚めたり　心音確かめ時計みる両手両足十指も動く

手術痕徐々に癒えゆき六か月百面相を鏡に演じる

主婦として家の内外動けるに形状記憶は寸分狂わず
出勤する夫送りだす日の来たりコートを着せる仕草変わらず

辛夷咲く

青空に主張するごと辛夷咲くオフホワイトを高く掲げて

梔子の香りは妖しい情緒もつ心の襞を慰撫するごとく

風のなか香りに気づき降り立てば庭石の陰にくちなしの咲く

湯に放つひと摑みの若布は鮮やかな緑になりて春の潮の香

さんざめく春までしばし静かなる日差しの中にまどろみ過ごす

購わば少額なるも時期来れば小一時間かけ山椒を摘む

ふっくらのスナップ豌豆いただきぬ滾りの中へさらりと放つ

初夏の畦に広がるシロツメグサ紋白蝶の群れて戯る

喧噪の一日《ひとひ》の過ぎて息をつく夕焼け空に心ほぐるる

アスファルト

猛暑の日散歩の犬はアスファルトの日影を選び人を導く
夏真昼バーコードプリントの女行くストローハットを斜に被り
雲が飛ぶ雨脚走り雹が降る狂騒曲は四十分間
夕立の雨粒地面をたたきつけ遠い夏の記憶のにおい

有明の空

三日月は有明の空にほろほろと溶けるごとくに懸りいるなり

いささかの過不足にある味わいを美意識とする　十三夜の月

あじさいの雫に影を落としいる梅雨晴れの月　十六夜の月

後の月秋の名残りを惜しむがに少しいびつな美を隠しおり

有明の天文ショーの西の空月が少しかじられはじめた

月心寺の庵主様と七夕に聖なる夕餉　喜寿の祝宴

宮中の故事と伝わる梶の葉を添えたる膳を七夕の夜に

夏の雲と秋の雲が行き交いてぶつかり合いつつ季節が動く

風景は空気も秋に伴走し色を変えゆく九月十月

冬虹

冬虹の二重《ふたえ》にかかる青空をケータイに撮りお守りとする

二月尽冬と春とがせめぎ合う時間とともに過ぎてゆくなり

東京は凍ている朝と報じられ自転車通勤の甥にメールす

十五度の気温を示す秋の日は青空すがすが冬の音なし

千戸分の買収済むと聞き及ぶ田は干からびて苗のそよがず

裸木を植えられたりし街路樹の若芽吹き出し新道完成

憧れを集めし団地の三十年子供の声のあらぬ静けさ

「売土地」の幟の古りて雑草も風に吹かれる住宅団地

母の爪

白内障の手術拒みし母なるに皿の模様を摘ままんとす

病む床に動けぬ母に庭先の花の移ろい聞かせいる午後

深爪は厭よと言える母の爪もしや形見となるやも知れず

八月十八日法師蟬鳴き初める介護士来ると共に記しぬ

長き日々共に暮らせる兄嫁にわれを誰かと母は問いたり

ぎこちなく襁褓を替えるわれの背に「ありがとう」と小さな声が

娘とは分からなくなり丁寧語で挨拶する母　やんわり返す

かつてわれ母眠る顔知らざりき深く眠るを介護に見たり

命を紡ぐ

小刻みに震える母の訴えるモールス信号読み取れずいる

擦る手をぎゅうと握り返される声なき母とのコミュニケーション

薄日受けやわき葉叢のチロチロと母は小康保ち続ける

鼻赤きは何の合図か読み取れず声なき母の臨終介護《ターミナルケア》

昏睡の深みにありたる母はなおわれの覚悟の時間《とき》計りいる

昏睡の母と二人の夜は長く東の空をひたに眺むる

度重なる「臨終宣言」乗りこえて母は紡ぐよ命を紡ぐ

四歳に死別をなせしその母に焦がれ焦がれて母は逢い行く

臍の緒

「われ逝く時臍の緒入れよ」と言いし母　過ぐる日のこと俄かに想う

遺ししもの臍の緒・口紅・珊瑚の念珠母は身軽に旅立ちてゆく

好みたる古代紫のお召着て永遠《とわ》の旅へといま発ちゆきぬ

一握りの乾いた音する母の骨抱けば温もりわれを包める

二十世紀

送り火と思い来たりし大文字の二十世紀最後の空に

二千円札後生大事に取り置ける発行されたる新しきまま

月面にアームストロング船長の足跡はまだ残っているだろうか

新世紀へカウントダウンの始まれり二十世紀は既に過去形

働けば達成感の得られたり「高度経済成長」の波に

焚き付けに捻りし新聞の捩れより不況の文字が歪みて見える

ハローワークへ続ける道に男らの列続きおり　歩みの緩き

「銀座通り」と呼ばれし程の繁華街今は「シャッター通り」となりぬ

月光に浮かび立てるは解体中のビルに残れる鉄筋の影

花・花・花

雪柳白たわわなる小川道石けりあやとり子供の広場

開花後の思いがけない冷え込みに桜《はな》は八分の静止画像

牡丹咲く石光寺へと急ぎたり　花くずれせぬ朝日の内に

夕闇は「墨田の花火」浮き立たせ忍び足にて満ち満ちてゆく

ゆうすげは夕陽を受けて輝けり徐々に開きて色を増しゆく

寒暖の定まりがたき日々続きためらいがちに萩の咲きつぐ

布袋葵薄紫に群れ咲けり葉あいの水面に群青の空

コスモスの心にまかせたおやかに咲ける姿をわれ学びたし

吾亦紅の紅は自負を潜ませて日本の秋を静かに咲ける

達成感

常常に自立を説きし母なりき職得たるを告ぐ　百か日に

機器類の静かになりたるオフィスにキーボード打つ心地よきかな

濃き髭の理事の剃り痕いつしかに翳持ち始む長引く会議

難航する議事に一息つかせんと議場を回り熱き茶を出す

各々の理事の思惑置き去りて議事終了のベルを鳴らす

出勤にすぅーと履けたストッキング心も軽く歩幅大きく

ピインと張りたる冷気に深呼吸スニーカー履きエンジンかける

一日の達成感もて仰ぐ空金星ひときわ明るさを増す

母の手

生前よりさらに身近にいます母　日に幾度も話を交わす

おくどさんの火を守りつつ編み針を動かす母の眼裏にあり

背きたるわれの頬打つ母の手の残る痛さを忘れていません

子の無きを案じくれいし母葬《おく》り親不孝を詫びる時なく

気配

「閉」ボタン押さずに待てるエレベーター誰か乗り込む気配のありて

前一段あけて立ちいるエスカレーターこの距離しかと他人との距離

蜜蜂の遠い羽音に誘われてたどり読む文字揺らぎはじめる

閉じられたる切れ長の目より一筋の涙を見たり　夜の電車に

夜深く街を彷徨う二人子を防犯カメラだけが見つめる

境界の塀の屋根を猫走る確認するごと線を引くごと

昼下がりレールの響き心地よく窓よりの陽に眠気ゆるゆる

ＤＪポリス

混雑にウイットのある呼びかけをＤＪポリスに歓声あがる

ＪＲの車掌のアナウンスに拍手ありＤＪポリスの話題ののちに

高層のビルより見下ろす首都高速道テールランプの長く尾を引く

端的に要点のみを話せぬか電光ニュースの表現のごと

砂場さえフェンスで囲まれ子供らは檻に飼われる動物のごと

いたずらを咎められたか少年のシャツの背中は小さくまるい

鴨川の土手に憩えるカップルは等間隔の距離を保てる

マネキンの衣装を替える店員はウインドー舞台のパントマイマー

老練の手作り靴屋のオーナーの親指太く黒く曲がれる

立ち食いの蕎麦屋に見たる男らの足さまざまに表情を持つ

受取りしおつりを右手に握り締め拉致被害者の募金箱へ

一・二・三・四・五・六・七・八・九

鉢植えに一夜を過ごしし痩せトンボ朝の光に吸い込まれゆく

二歳はねとVサインの指立てる正月来れば三歳の花

留守すると聞きし隣家の目覚ましは今朝も鳴りいる三日になるも

雨のなか輪禍にも遭わず戻りたる子犬は四肢を伸ばし眠れる

巡りくる季節を今かと待ち望む五感の感性研ぎ澄ませつつ

行きつけの店の閉ざされ六月のカレンダー残る　少し歪みて

七桁を覚えきれずにまた開く郵便番号簿のややに重たし

切り出しし鉱石のごとく聳え立つ八ヶ岳連峰　初秋の空に

スイトピー真すぐなピンクに使われる九萬個なる洗濯鋏み

東山魁夷

真緑の中に薄桃ほんのりと魁夷を貫く技まざまざと
何故だろう雪積む景の暖かさ魁夷ならでは魁夷の技よ
鑑真が五度の渡海をしたる海青き波立つ魁夷の襖絵
鑑真の故郷描く襖絵は墨の濃淡ゆるく匂える

北欧をこよなく愛せし魁夷の絵は郷愁湧き来る不思議さのあり

ホドラーの模写をなしたる作品に名を成すまでの魁夷を知りぬ

週末は夜間開館の美術館時間《とき》はゆるゆる少しのざわめき

ジャズバンドのサックスの音は水に揺れさざ波の立つ夜の水面に

（佐川美術館・トワイライトコンサート）

子供の笑顔

シュワシュワとラムネが誘う音と香に子供の笑顔笑顔重なる

打水を「かけてかけて」と子供らは飛沫をめがけ駆けまわりいる

自転車の後ろシートに乗れる子の紙鯉のぼり風を呑みいる

隣家に子供の衣類のひるがえりお盆休みの始まる幟

やわやわと口元動く大介は夢の中に遊びいるらし

「バイバイ」と「じゃあね」の言えず園庭に二歳児翼《つばさ》の決断を待つ

三歳の花を抱きてねむる夜寝返りごとに幼のにおい

一人増え食卓にのる菜の色華やかになる　幼の好み

洗濯に風呂を沸かすも日に二回幼子一人の増えたる日々は

三歳には密林ならんかコスモスのあわいを縫いつつ「鬼さんこちら」

非常口のマークに似ると子の笑うランニングマシーンに汗するわれを

明治・大正・昭和・平成

ゆっくりと今日が過去になってゆく過去も未来も同じ歩幅か

老い母の丸く小さきその背《せな》に明治・大正・昭和・平成

若者より昭和の人と呼ばれいる戦争を知らない団塊われら

思い寄す古民家風の庵建て明治の簞笥も現役復帰

「塩踏み」とうならいは死語となりたるか婚のかたちの様々な今

教わりたる漬物の塩梅三度目にわが家の味の分量決まる

嫁ぎ来て五十年を数えるも旧姓の響きに安堵覚える

一錠のニトロ

一錠のニトロ持ちたる父なりし使うことなく穏やかに逝く

大正の元年生まれの父なりき平成元年黄泉へ旅立てり

骨壺はあるかなしかの音をさせ父の遺骨は墓に納まる

隣席は聞き覚えある訛りなり父の故郷　甲府市国母

サーベルがきらりと光る警察官セピア色の亡父《ちち》の姿よ

日曜日パーコレータでコーヒーを父の習慣　モカの香りは

亡き父はプロレス中継好みたりテレビの画面ににじり寄りつつ

父逝きて二十年たつこの年も甘き蜜もつ白桃届く

父の忌に親類縁者合い寄りて賑やかに酔う　雪の晴れた日

南紀へ

南紀へと転地する義兄に従える姉にかけやる言葉呑込む

半世紀を過ごしし滋賀より転居せし姉の住まえる南紀おだやか

ガラス越しに私生活を覗き見んクラゲの家族ゆうらりゆらり

家族連れレストランに寛げり家庭の食卓そこにあるごと

エンジンの音を聴きつけ迎えくれし飼犬死せり一日《ひとひ》患い

弦先にその頭置く馬頭琴白馬の故事を語りつつ啼く

馬頭琴の演奏に聴く「ふるさと」は広がる草原眼裏にたつ

廃屋

萱葺きの棟の落ちたる廃屋の錆びたるトタンが鋭角に光《て》る

廃屋にひまわり一本立ち尽くす大き頭《ず》を下げ猛暑を耐える

棟が落ち戸は半開きの廃屋に赤い郵便受け冬日に光る

過疎の里を見下ろすなだりの萱葺きは恐竜のごとき骨組さらす

早苗田を分け行く電車は一輌のラッピング電車　車輪軋ませ

乗客はたった二人の窓に見えゆったり走るラッピング電車

桃色の傘さすごとく合歓の木は日野街道を縁取り咲ける

ふるさとの地名を聞けば何気なく耳そばだててやや緊張す

夕せまる桟敷窓ある日野の町人影見えず灯ぽつぽつ

吊り革

吊り革に一日《ひとひ》の疲れつかまらせ満員電車に身を委ねいる

吊り革に居眠る女高生の背に負えるラケットケース肩よりずれて

通勤電車が行楽電車となる夏休み喧騒の中揺られ出勤す

夕闇の車窓に映るビルの群れ振動に揺れ蜃気楼のごとし

小一時間かけて上書きせし文書マウス操作の一瞬に消ゆ

貝動くかそけき音をきっかけに持ち帰り仕事のパソコン切りぬ

仕事終え両手を机に椅子を立つ軽き眩暈と小さな欠伸

東海道新幹線

おにぎりをほおばるわれも飛んでいるN７００系「のぞみ」の席に

英断とう言葉適うと思うなり　新幹線新駅凍結決定

冠雪の富士山《ふじ》はすそ野を長くひきその左肩に日の昇り初む

機窓より雪をいただく富士を見る旅の目印往くも帰るも

穢れ無き澄んだ空気は父島の海を青く蒼く碧くあおく

ゆりゆりい水牛車に乗り竹富島心も体もゆりゆりい

装束を整え四国巡礼に巡拝ツアーの一人となりぬ

古《いにしえ》の人も踏みたる道なるに一歩一歩をねんごろに行く

風の音微かに聞こゆる旅の宿天上風呂に心を癒す

自転車

白杖と足裏頼りてゆく人に点字ブロック覆う自転車

自転車はフェンスに凭れ雨に濡れ廃棄されるまでのしばしを

自転車は消耗品になりたるか迎える人なき駅前放置

自転車にリヤカー繋げる宅配人京の路地をすいすい走る

梅雨の晴れ間

日の当たる車庫の屋根に大小のスニーカー並べあり　梅雨の晴れ間

紫陽花は梅雨の晴れ間の姿良し雫たたえてたっぷりと　青

臥しがちの母も紅さし散歩する梅雨の晴れ間の風ゆるき日は

飛び降りた幼の揺らししブランコはしばし揺れいる　梅雨の晴れ間を

梅雨明けを待つ七月十日　雨の中祇園祭りの鉾建てはじまる

職人が木槌の音を響かせて柱と柱を組みあげ鉾建つ

巡行は小雨の中に始まりぬ大きな合羽を召したる山鉾

観衆の大きな拍手沸き起こる趣向に富める鬮《くじ》改めに

ケータイの通話の向うにコンチキチン山鉾巡行の始まるを知る

初鰹直立不動で店先に涼しそうなる縞模様見す

筧より落ちる水音に涼をとる　入道雲の張り出しており

腹見せて転がる蟬の七日間如何に生きしか見聞きをせしか

ガラス戸に張り付くヤモリの足裏は吸盤ならず極細の毛よ

蟬の羽根引きずり引きずり行く蟻にわれを重ねてエールをおくる

曼殊沙華

曼珠沙華高く低く疎に密にリズム奏でるごとく咲きいる

秋暑き日差し浴びつつ行く畦に彼岸花咲き藁の香の立つ

刈入れの畦に咲きいる彼岸花絹雲さわさわ空に広がる

石舞台古墳に続く棚田には彼岸花咲く赤・白・黄色

ひまわりは数多の種を抱えつつ頭を垂れて秋を待ちいる

コスモスの揺れに生まれる風の音耳を澄ませば秋のはじまり

しわぶきの一つだにせぬ図書館に窓の陽を受け秋の人となる

紅葉の光と風が彩なせる永観堂に心を澄ます

紅葉を北山時雨が散らしゆく秋の終わりを告げるかのごと

草引き終え息つく腕に油蟬の労るようにふいととまれり

小春日をうらうら浴びて草を引く道行く人らみな顔見知り

夕暮れてもう止めようと思いつつ草を引く手の動き止まらず

草引きに汚れたる手を洗いつつ来し方重ね皺見つめおり

私「た・き・ざ・わ」

銀行に郵便局に市役所に番号で呼ばれる私「た・き・ざ・わ」
何気なく投げたる石に波紋立ち方向違えて広まり行きぬ
忘れたこと忘れたままに捨て置かん忘れた記憶の意味もたぬよう
更年期認めたくなくもじわじわと身体の奥より老い始まれり

胸うちの忘れたきこと二つ三つ茗荷を食めばほんのり苦し

髪切りて何が変わると言うでなくされど切りたし何か変えたき

このままで良いのだろうか自問する自問なしつつ一日《ひとひ》の早さ

単純なるわが性格の善し悪しは明日に委ねん眠りに入る

来し方を振り返りみる夜の床わが足跡は砂漠の風紋

企業戦士

自認せし企業戦士は定年に背正《そびら》して深く息なす

三十五年仕事を中心に置ききたる夫は背広の行章《バッジ》を外す

ネクタイの九十本を処分してスポーツシャツの夫すがすがし

勤務先を「銀行」と言う癖抜けず夫は退職五年を数う

節々に大病のり越えし益荒男の古希の節目は治験者となる

おはようと夫にあいさつ変わりなく変わらぬ返事の結婚記念日

五時半に起きることを常として古希迎えたる夫送り出す

「あれ」と「それ」代名詞だけで通じるは四十五年の時の実りか

撮影行

雪の上の鹿の足跡たどりゆく撮りたき思いに急かされて行く

小雪舞う田圃に降りたつ白鷺の五分を経ても動かずにいる

湖《うみ》向きてシャッターチャンス待つ夫は入日に浮かぶシルエットになる

朝靄の湧きいる棚田の撮影地松之山へと五百キロ駆く

遠からず春の色に変わるだろう薄雪かぶるブナ林行く

彼岸くれば千四百枚に播種すると五町歩耕す農婦ほほ笑む

五町歩の全ては棚田と事も無げに話す農婦の腰曲がりおり

強情な大地と戦い収穫せし新米届く魚沼の地より

阿吽の呼吸

米炊ける甘き匂いに満たされる厨にて待つ夫の帰りを

栗を剝く十粒で足る二人分塩味効かせて栗飯炊かん

血液型OとABの五十年阿吽の呼吸のみにあらざり

朝夕の服薬常になりたるに白湯《さゆ》のコップを食卓に置く

日々夫はおしゃべり過ぐるを咎めるに姿見えねばケータイの鳴る

朝ごとのゴーヤジュースのほろ苦さ子なきゆえの負い目として飲む

「散骨は海にしてね」日頃より夫に言い置く　その日遠きを

週末はじいじとばあばの休息日オープンカーにて湖岸をドライブ

一人の夕餉

古伊万里の藍の皿に盛り付けるふろふき大根　ゆずの香の立つ

ケータイは体震わせ知らせ来る「夕飯不要」と午後の七時に

凍る夜豆腐たっぷりほほえませ湯気につつまれ一人の夕餉

鬼皮剝ぎ幾度も幾度も茹でこぼし渋皮煮作る正月用に

九月の蟬

合唱と輪唱に鳴く蟬の声フィナーレ飾るソロの始まる

仲間には少し遅れて生れたるか時惜しむごと九月に鳴く蟬

その声もややに寂しく聞こえたり遅れて生れしか九月に鳴く蟬

それぞれの楽器持ち出し秋の虫練習始める九月の半ば

二十五度に届かぬ気温の秋晴れに洗濯三度夏仕舞いたり

朝夕の冷え込みひっそり木戸口よりゆるりゆるりと秋に入りゆく

朝早き風はさやかな音を持ちあるかなしかの秋運び来る

透明な風をたっぷり招かんと十枚のガラス戸一気に拭き上ぐ

日暮れにはまだ少しある隧道に靴音のみが高く響けり

一葉一葉

一葉一葉語るごとくに散る紅葉それぞれの姿苔に描けり

散り敷ける紅葉に霜のやどりおり一葉一葉はアイスリーフに

一夜ごと枝の先から染まりゆく渓の紅葉の小さな努力

枝先に一葉のみの紅葉あり秋の便りをそっとおくごと

紅葉狩り時雨浴びたる葉のやさし裏を見せるも表を見せるも

一番に色づきはじむるさくらの葉秋の訪れ知らせる色よ

葉陰よりのそり出で来し螳螂は鎌も身体も鉄錆びの色

咲く花に寄り添う風の柔らかく細き花首しなやかに揺る

収穫

実りきて重くなりたる穂の先が風になびいて渦つくる麦

収穫期の麦穂は大小の渦つくりザワザワザワ　風と戯る

空梅雨の乾いた風は黄金色の波つくりつつ麦わたりゆく

乾きたる風は稲穂を揺らしつつ夏の思い出ささやきはじむ

しなやかに稲渡る風立秋を過ぎていささかうねり増しくる

刈り取りの稲の匂いはマンションの高層階まで香ばしく届く

ビル峡の一反歩の田は黄金に肩をすぼめて稲刈る農夫

稲海に小舟のごときコンバイン波を分けつつ稲刈りゆけり

コンバインの鮮やかなる刈り跡は冬待つ田圃に幾何学模様

比叡山に入る夕日は膨らみを増しつつためらうごとく沈めり

ビルとビルの間に挟まり身をすぼめ赤銅色の陽ゆるりと落ちる

一日を輝き続けドロップの溶けるごとくに落ちゆく夕陽

山の端に入る夕日は熟す柿よ枝から落ちる瞬間《とき》に遭いたり

冬の気配

残り火を掻きたてながら紅葉がほのと明るむ初冬の山の辺

気がつけば冬の気配の迫りきて欅は裸木　枝鳴らしいる

落葉した枝を空に広げいる凍てる欅の逞しき樹幹

葦原を震わせ渡る風の音湖辺《うみべ》の町に冬を運べる

子供達の歓声どこかでしたような振り向いてみる冬の湖辺《うみべ》に

二つ三つ木守りを残し柚子の実で柚子酢をつくる　師走の慣い

指先が透明になる冷たさにぽっぽっぽっぽっと白き息吐く

渡りいる瀬戸大橋の夕霞新春二日のおだやかな景

初風呂は「坊ちゃんの湯」にて清めんと四百キロを駆けつけ来たり

蠢く

心底に蠢く鬱をいかにせん曇天続く冬の昼過ぎ

冬木立ひと葉残れるあり様にわれのスタンス確信もてり

洗剤をたっぷりつけて鍋磨く今日と言う日を忘れるために

発泡の続くグラスを眺めおり来るか来ないか　それだけの事

震災

新米の出荷遅れを詫びる文地割れ乗り越えし魚沼からの
(新潟県中越沖地震)

バケツにてウラン扱いし報道に臨界事故の裏側を知る

(東日本大震災二首)

臨界とう言葉を知りたり民間にてウラン溶液扱うことも

鯖缶と真空パックのご飯にて夕餉となしたり防災の日に

休耕田にソーラーパネルは行儀よく原子力発電の功罪を問う

星の数に迫るがごとく飛び交える人工衛星　宇宙は雑踏

ダビングせしＤＶＤを視ているに「地震情報」のテロップ流る

源氏物語千年紀

鮮やかな色に息呑む源氏絵の原画の色に千年はそこ

都向きすっくと立てる式部像意志の強さを右足に見る

涼やかに源氏物語を語りいる先生の着物琵琶湖のブルー

初版本の『建礼門院右京大夫』古本屋に入手せしをいただく

「資盛に恋してください」先生の声蘇える本を開けば

初版本の『建礼門院右京大夫』大原富枝のサインありたり

園芸店に紫式部を見つけたり千年紀にと一株購う

熟年を行く

幸せを感じるアンテナは寂しさも同時に受信す　熟年を行く

「その人」と名前出て来ず会話するそれで通じる同年世代

「この話しましたかしら？」二度三度同じ話をする危惧を持つ

頬笑みに微笑返し目礼す　思い出せない見覚えあるも

如月

冴えわたり煌めく粒を纏いいる二月の光は透明となる

又三郎やってきそうな風が吹く室温三度上げて迎える

張り詰める夜気ひりひりと顔を刺すこの静けさは雪降る気配

雪背負い悲鳴をあげて若木折れ一瞬のちに静寂戻る

残雪に風孕むごとき座禅草黄色の花芯太ぶととして

キッチンに甘い匂いの満ち満ちる金柑三キロ煮る二日間

手摘みした金柑三キロ大なべに甘煮を作る　待てる人あり

金柑の甘煮を旨いと褒めくれる友に二度目の小瓶を渡す

いただきし昆布を小さく角切りし佃煮にする　冬の手仕事

雪の朝集団登校する子らは雪と戯れ列乱しつつ

初雪に子らの作れる雪だるま目鼻は葉っぱの達磨にあらず

寒明けにみるみる積もるぼたん雪行き交う車のワイパー速し

半日をひたすら降りて積もれるも淡淡として春の雪なり

雨音

鳥や木や地上にあるものすっぽりと包みて細い雨は降りつぐ

雨音を窓を開いて聞いてみる行くか行かぬか行くべきなのか

幾日も小言のごとく降る雨に外出阻まれパソコンの前

水鳥の飛び立つごとく傘開き雨降りしきる街へ出で行く

ウォーキング

早朝のウォーキングに出会いたる桜は露をしとど纏える

薄日さす備前焼通りをウォーキングせせらぎに添う桜《はな》は九分咲き

全身が浅葱色に染まるまで五月の森をウォーキングする

夏雲に向かってぐんぐん歩き行く桜青葉の瀬田川沿いを

ウォーキングする人ややに減りたるか気温十度を割りたる今朝は

木の間より黄金の光降りそそぐ落葉の道をウォーキングす

抱えたるフランスパンの暖かく香りも連れて木枯らしの街

日の暮れの早き冬の日バケットのぬくきに包まれ帰り道急ぐ

買い物は両手に余る程あるにクロワッサンの匂いに誘わる

啄木鳥のドラミングの音高くなり落葉賞でつつ深秋を行く

II

旅に出で行く

わが道の立ち寄り先なり異次元の空間求め旅に出で行く

夫と行く海外旅行は日常も非日常もカバンに詰めて

すっぽりとカプセルシートに包まれて太平洋を横断しゆく

非日常求めて出かける旅なるを数多の刺激に疲れる時あり

一万キロ越える旅より帰りきぬ方寸に収まらぬ高まり抱え

旅先には予期せぬ出来事ままにあり驚き発見　少しの恐怖も

「叔母死す」とスマホのメール点滅す　サハラ砂漠の直中にいる

姉妹の旅

手づくり派・出前弁当派・買い置き派それぞれの夫おき姉妹の旅に

姉と義姉《あね》三人旅の行く先は義妹《いもうと》の薔薇咲かせる庭へ

百株越す薔薇のガーデン香りたち可愛いカフェの主は義妹《いもうと》

女四人はずめる声の重なりて薔薇の花片ほろほろ散れり

城壁と石畳続く古城の街に姉たち三人《みたり》と朝の散歩す

頂上はマイナス十度を示したりユングフラウ・ヨッホ　セーター重ぬ

在仏が四十年の成瀬さんとミロのヴィーナス、モナ・リザにあう

真夏日のアンダルシアの昼食に白いガスパチョ涼しさいただく

ピンク色の子豚の丸焼《まるや》き分けくれる皿をナイフの代りに持ちて

オーロラ

雪原に仰臥して見るオーロラは心も身体も揺する揺さぶる

漆黒の闇に突如現れて南へ伸びるオーロラの橋

オーロラはカーテンドレイプを翻し翻しして走り去りたり

オーロラの観賞に来たるフェアバンクス「For Sale」のビルあちこちに

氷点下三十五度のアラスカに防寒服の内は普段着

すっぽりと防寒服着てイヌイットの人になりたる心地に歩む

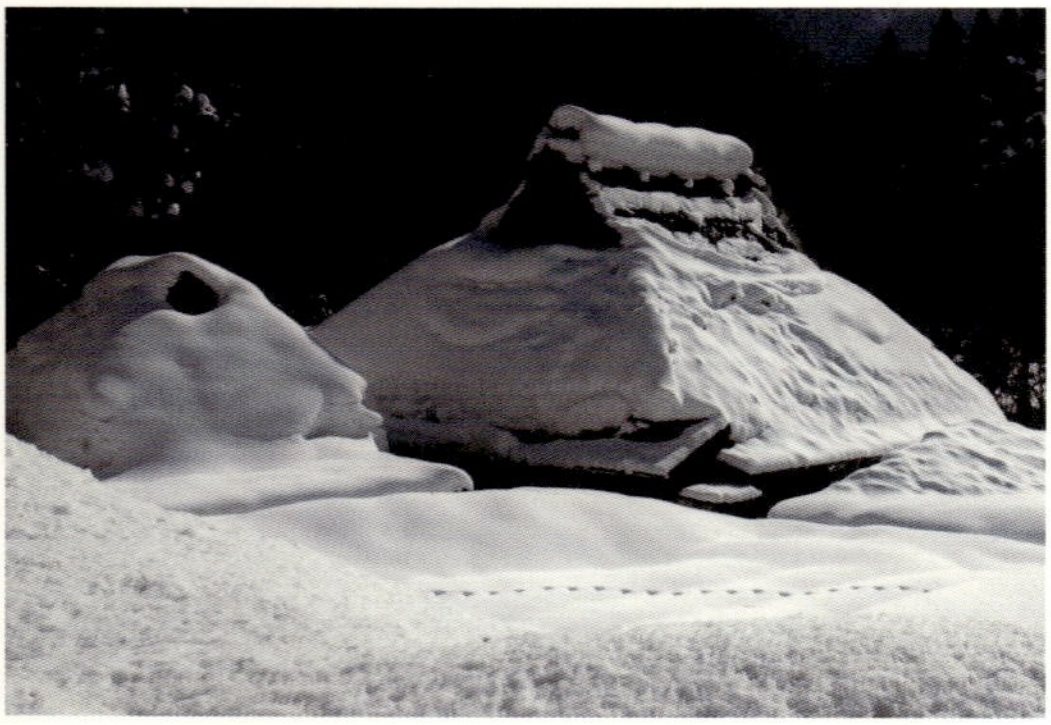

ペルー・ブラジル・アルゼンチン

マチュピチュに千年の風すがすがと心の内へ芯へ沁みくる

雲の峰越えて聳えるワイナピチュ・マイナピチュに暫し瞑目

石を組み天体観測なす技は農に生きたる民への敬い

カパコチャの儀礼の石に触れたるに数多の血潮吸いし冷たさ

農民の飽くなき技よアンデネス急峻の山はだ天空へ続く

クスコにはインカの記憶に寄り添いてスペイン統治の影もありたり

スペインの統治顕す教会の土台となりたるインカの石組

風強き砂地に深さ七センチのナスカの地上絵を上空より見つ

真っ先に目に飛び込みたる地上絵のサルは大きく尻尾巻きおり

地の上に線画となりしハチドリは羽根広げしまま千年留まる

イグアスの滝は大地の慟哭か毎秒七千トンの水量を吐く

巨大なる虹抱きつつイグアスの滝は地球の鼓動を刻む

轟音の「悪魔の喉笛」猛りくる飛沫浴びつつなお立ち尽くす

ゴムボートで滝くぐるツアーの船頭《キャプテン》は歓声に応え三度トライす

エジプト

ピラミッドの冷たく光る内壁に額を預け古代を旅ゆく

唐突にすっくと現るピラミッド塵《ごみ》の溢れる街中より見る

小銃を小脇に備えるマーシャルはツアーバスの最前列に

ピラミッドの二千年パワーは静やかに頭《ず》より深ぶか内へ満ちくる

闇に建つアブシンベル神殿をライトもて紡ぎ出される神話の音が

年二度の奇跡を見たりラムセスⅡ世像洞窟に射す朝日に浮かぶ

アスワンのダム壁に立つ　建設の資金援助は教科書に知る

「ワンダーラ・ワンダーラ」を繰り返し身体寄せくる跣の少年

水パイプ燻らす男また男屯している男ばかりが

モロッコ・サハラ砂漠

航路図にメッカの方向示されるアラビア籍の機中におりぬ

フナ広場へ向かう人波に押されつつ中世の世界に踏み入りてゆく

商いは地面に広がる青シート一平方メートルは本日の糧

カンドゥーラに駱駝連ねた商人の市場ゆくなり　凸凹の石畳《みち》

空と砂のあわいを走る砂埃の道なき道をトヨタの四駆車

乗るわれの視線感じたるか頭を垂れる一瘤駱駝の長い睫毛

星の降り月の明かりの砂漠へと「砂漠の船」とう駱駝にてゆく

風紋の砂漠に朝日昇りくる赤褐色の異次元に居る

Ⅲ

ひな人形

薄紙の目隠し解きたる雛人形やわき吐息をほっとこぼせり

雛壇に小さな吐息が重なって部屋の空気は早春の色

雛飾る華やぎの中　若き日の母の笑顔に姉も私も

名前なき川の浅瀬のきらめいて光の中に朝の訪れ

柔らかく細き霧雨頬に受け春の息吹を肌に覚える

夜辺の雨あえかなる音聞こえ来て花の気配をかすかに知らさる

体中のひとつひとつの細胞が欠伸をしている春昼下がり

母の日に姪の優しさ届きたり胡蝶舞いたる黄色のスカーフ

さくら　さくら

ひと月半かけて列島を染め上《のぼ》るさくらさくらさくらの便り

唐突に胸の内へと攻め込みてさっと去りゆく桜の開花

南から桜前線満ちてくる潮のごとくに列島満たす

掘割の水面近くへと枝伸ばす合わせ鏡の中の桜は

うっすらと霞める空に九分咲きの桜はゆるきカーブに添いて

所用あり通る道に何気なく咲きたる桜　普段着の桜

千四枚大小のありそれぞれの個性を見せる米田《よねだ》の棚田

千枚田斜面に寄り添いそれぞれの形となりて海へと下る

小さき田はわずか二株のみなるも大地に根を張り株を肥やせり

向源寺十一面観音

照明に照らし出される観音は薄ら目を閉じ羞恥を秘める
薄絹を纏いてやんわり腰捻る後ろ姿のややに艶めく
その眼にその双肩に見てとれる鑑真和上の意志の強さを
今一度『天平の甍』を読み直そう鑑真和上坐像に会いて

落城の瓦のかけらそのままに足裏《あうら》の凸凹　竹田城址

紅葉を借景となし朝霧を纏いて浮かぶ竹田城址は

湖周を巡る

薄月の中空《なかぞら》に浮く有明の比良連峰は穏やかにあり

寒咲の菜花のつぼみほどけゆき薄氷《うすらひ》に映え比良《ひら》連峰に映えいる

小入谷《おにゅうだに》に神の息吹か雲海のうねりうねりて朱に染まりゆく

安曇川の土手の桜は枝長く肩の先に優しくふれる

紅葉を鏡の水面《おも》に映したる朝の余呉湖は息をひそめて

暁の冷気引き締め群青の肩張る三上山《やま》は男のごとし

栗が爆ぜあけび色づき信楽の山は秋の輪唱響く

薄闇に息吹き込みたるか鮮やかにライトアップの日吉の紅葉

興福寺　御堂の阿修羅

十重二十重うねりうねりて列をなし御堂の阿修羅に半歩ずつ寄る

待ち時間九十分にまみえたる御堂の阿修羅ひそと立ちたり

首筋にほのと赤味の残りたる阿修羅の像に両手を合わす

端正な目鼻優美な阿修羅の面左は怒れる少年の顔

少年かはたまた女人か阿修羅像華奢な身体のはつか色めく

サンダルを素足に履ける阿修羅像大地踏みしめすっくと立てり

三

機嫌よく夫語りゆくに頷きつつ三度目なるをふわりと告げる

花見には少し早い三分咲き一之船入りより高瀬川に沿い

河原町三条大黒町に母生れしは明治の終わり　桜《はな》の下行く

門前に三度の春を暮らしたり枝垂桜の山科毘沙門堂

満開の桜はかすかなる胸騒ぎを心に残して消えてしまえり

散り初めの桜花びら掌にせつなさ覚え手帳にはさむ

桜花変わらず咲きぬ見るわれはややに変わりぬ　春の陽まぶし

春雷は社殿が鳴動するごとく桜散らして轟き去りぬ

御室の桜

仁和寺にお多福桜と呼ばれいる八重の桜をさあ見にゆかん

遅咲きの御室桜を訪ねたり「本日満開」の大看板あり

丈低き御室の桜は目の前に八重に咲きたる枝を差し出す

満開の桜は静かにひとひらの散ることのなく花を極める

春立つ日

追儺豆を南京豆に代えたるも習いに従い年の数食ぶ

やわらかな光のそそぐ春立つ日何かわれの春を始めん

胸奥に何かときめくもののあり三寒四温のリズム持ちつつ

果たしたき事つぎつぎと湧きくるを少しの恐れも力となさん

雪残るなだりに咲ける福寿草黄色の色は春の色なり

福寿草雪の天井押し割りて太陽色の花をのぞかす

福寿草大地の命を噴きあげて辺りを一気に春へと導く

枝振りの頼りなげなる紅梅の三十年経てゆったりと立つ

淡青の空に枝を伸ばしたる紅梅の芽ほつほつ灯る

雪被る紅梅の枝より透明の雫こぼれる　今日より三月

北側の斜面に群れ咲く水仙は淡青の空へ真っ直ぐ伸びる

（黒岩水仙郷三首）

海沿いのなだりに咲ける水仙の咲き上りゆく淡青の空

海望むなだり埋めたる日本水仙五百万本香りほのけし

若葉

空埋むる若葉のもとに佇めば深き静寂《しじま》に包まれおりぬ

褐色の苞から芽吹き見え隠れ明日に向かって生きる力を

芽吹き待つケヤキの樹液の色という山を彩る灰黄色の林

山々に点在したる山桜油絵の具を置きたるごとし

山藤は大木包み房垂らし緑の木々に花咲かせいる

深緑黄緑萌黄薄緑山も野原も生き生きとして

薫風に新茶の幟はためいて窓開け走る和束の里を

若葉萌え田植えを待てる水張田は空ゆく雲を映し広がる

雨上がり木々と苔の織りなせる緑の陰影三千院に

紫陽花

紫陽花のスカイブルーの花びらに塞いだ心の潤いていく

雨上がりの朝に咲ける紫陽花は豊かに潤い光放てる

三万坪の境内潤おす紫陽花の善峯寺は京を見渡す

紫陽花の花に触れつつ行く小径しとどの露に溢れる思い

真盛りの夏

林間を音もなく降る夏の雨濡れる緑は白銀《しろがね》にけぶる

白樺の木々が骨格作りいる小径を歩む　真盛りの夏

外出の予定のなきにゆるゆると家事こなしいる　猛暑の続く

豆腐売るラッパの音の聞こえしからうだる暑さに懐かしき音

濡れ縁に煙ゆるりと輪を描く蚊取り線香　名残りの匂い

ひまわりの頭支える花軸は太ぶととして緑逞し

真夏日に上着片手に玉の汗企業戦士は歩幅大きく

高齢者

加齢とう未知数の日々に畳みたる幾許かの不安と開き直りと

「高齢者」の新しき解釈なきものか団塊世代のわれ「高齢者」

運転に自信あるとう高齢者モータリゼーションに青春ありし

探し物すること日々に多くなり自分を探すいつかを恐れる

コンビニのパック総菜小さくて高齢者向けか八センチ角

高齢者が日々利用するとうコンビニに百円総菜さまざまありぬ

如月の総菜売り場の木の芽あえパックに見たりここにも春が

右腕の冷える覚えの日を追いて少なくなりぬ春は近づく

クラス会

クラス会「元気だった？」の挨拶に続き身体の不具合言い合う

更新をなさず会いたる友人は体型変わり白髪の人

五十年隔て会いたる友人は話せば記憶に違わず笑う

旧友と十年ぶりに会いたるに昨日に続く会話のごとし

眼鏡

テロップが読めなくなりて受診する老眼でなく近視の宣告

初めてのメガネを調え鏡見る　私でない　いいえ私

外出の持ち物に足す眼鏡なり近視になりたるわれ七十歳

七十年生ききていまだ欠けているパズルの小片埋めつつゆかん

古希迎え夫との五十年を顧みるリバーシブルに生きたりわれら

母説きし身の丈に合う生き方を守り迎える穏やかな古希

後裔を持たざるにままに五十年臓器提供のカードを秘むる

２Ｂの鉛筆

投票日は候補者名や党名の連呼収まりぬったりとする
２Ｂ鉛筆にポリプロピレンの合成紙候補者名を楷書で書きぬ
スルスルと投票用紙の上滑る鉛筆にぎり党名を書く
柔らかな２Ｂの鉛筆心地よく投票用紙に候補者名書く

一票の重さというを教えられる八時一分に当確のテロップ

民意なる言葉を易やす使いつつ国民不在の政治は迷走

「組合」を掲げて行動せしことも遠くなりたり民主党惨敗

水兵の伯父の勇姿の写真あり　ＰＫＯ派遣の隊員に似る

断捨離

断捨離ともったいないのヤジロベエゆるがぬように終活なさん

始末する「もったいない」に揺れ動く気持ちの整理も整理なさねば

幾年も手を通さずのツーピース鏡の中に新しきわれ

転居して十年経たる家の中捨てきれぬ物に占領されいる

足跡を残さぬ終活の手始めは過去を写せるアルバムの処分

模様替えせんと家具の移動なす手抜きの過去に遭遇もして

春一番にブルーシートを押さえつつ姪と私のフリーマーケット

切り株に間伐材を渡したるベンチでゆったりバス来るを待つ

連泊するホテルのシーツ真白きに洗濯不要のカード置きたり

組体操

背中まで土にまみれて組体操を手は天を向く車椅子の児

組体操の一番下は車椅子の児歯を食い縛り土台となれり

介助する生徒は素早く駆け寄りて車椅子の児を列に戻せり

演技終え拳を上げて笑顔みす車椅子に揺られながら

長浜曳山祭り

曳山の子供歌舞伎にほんのりと色気の女形は十一歳なり

親分は当たり役なり　桟敷より「待ってました」の掛け声かかる

五歳の子丁稚どんになりきって仕草に言葉に笑いを誘う

役者の子ら舞台に堂々と演じおり裏方の大人は額に汗が

風の人

三度目の棟上げ迎える夫の背の広く逞し　ややに老いつも

毀たれし家の跡地と曝される内庭・離れ家　光さんさん

槌音の響きあたりに谺して叶いし家の棟上がりゆく

ふるさとに思いを寄せて建てし家古民家風なり庵と呼ぼう

マンションと日野の庵を往来し二地域居住「風の人」なり

ゆうらりと薪ストーブの炎揺れしんしん積る雪十センチ

友集い薪ストーブの前それぞれの昔話に笑顔重なる

戦士とう言葉に叶う夫なるも土曜の午後は薪ストーブの前

心の襞

密やかな心の襞を映しいるスパークリングワインの発泡

汽水なる今にゆだねる　穏やかに背を伸ばしつつ前見つめつつ

たっぷりと咲けるアナベル塞ぎいる心に隙間をもたらしくれぬ

振り向けば黙し佇む夫のいるわれ向かう先を示す目をして

ロボット

隔月の脳波検査に居眠りぬ医術に護られ術後十年

全身の麻酔に必ず還らんと信じ大きく息を吸いたり

久々に脳動脈の検査受く鮮明なりや３Ｄ画像は

頭蓋骨の一部にチタンあるわれとロボット掃除機は家事を分担

複雑な工程経しや漆黒の万年筆は持つ手に馴染む

ペン先に程よくインクの滲み出て万年筆を運ぶ手優し

キーボードの変換キーより現れる漢字書けない恐れ増えゆく

戦後七十年

八月六日午前八時十五分テレビの画面に向かい黙禱

戦争を知らずに生まれ育ちたり後の知識の戦争体験

わが齢と同じ数なる戦後なり父母は苦労を語らず逝けり

庭小屋の基礎にひび割れ落ち込みぬ防空壕の跡地なるとう

オバマ氏の十七分間のメッセージ画面を見つめ漏らさじと聞く

被爆地に被爆者の前にオバマ氏は堅固なる意志もちて立ちいる

メッセージの死者の数に日本人朝鮮人と米国人の捕虜を

被爆者と笑顔もて逢い抱き寄せる左手彼の背中をなぜる

資料館の見学わずか十分間手折りの鶴の四羽捧げて

終の日までその兄帰るを信じいし母の無念を受け継ぎ語らん

「戦死せし兄の遺骨はどこでしょう」ひたすら待ちつつ母は逝きたり

海原に沈みし兄を終の日まで恋せし母の穏やかなる死

滄海の何処に戦艦沈みいん機関長の伯父の戦地は深海

瑞雲円祥

信心が篤いと言えぬと夫とわれ三日授戒の戒徒になりぬ

朝露を踏み授戒会の永源寺へ葉先をややに染める紅葉

六度目の干支の巡りの授戒会を最終章への準備となさん

「香水《こうずい》」と「三宝《さんぼう》の印《いん》」を戴いて戒師のいます須弥壇に登る

漆黒の須弥壇に灯る一本の蠟燭導く戒師の御前へ

一本の蠟燭灯る須弥壇に戒師の授ける戒脈いただく

本尊と手を重ねたる戒師より授けられたる「瑞雲円祥」

跋

神谷 佳子

歌集『風の人』は著者瀧沢宏子さんの結婚五十年の金婚式を迎えらえたことを記念しまとめられました。巻末に「風の人」の章があり題の由来にふれた詠草がある。

ふるさとに思いを寄せて建てし家古民家風なり庵と呼ぼう
マンションと日野の庵を往来し二地域居住「風の人」なり
ゆうらりと薪ストーブの炎揺れしんしん積る雪十センチ
友集い薪ストーブの前それぞれの昔話に笑顔重なる
戦士とう言葉に叶う夫なるも土曜の午後は薪ストーブの前

巻末の作品から触れることになるが、企業戦士として銀行マンとして、各地に派遣され活躍なさった夫君の、まさに「やすらぎの郷」として、故郷日野町に安住の庵を建てられた。わざわざ古民家風に外も内も設《しつ》らえ週末はそこで過ごされる。理想通りの歳の重ね方であり、日々の誠実な努力の実りともいえよう。

戦後七十年の間の経済成長の時代に存分に活躍され、定年後もその実力を惜しまれて今なお現職にある。

汽水なる今にゆだねる　穏やかに背を伸ばしつつ前見つめつつ
振り向けば黙し佇む夫のいるわれ向かう先を示す目をして

汽水とは海水と淡水のまじり合ったところ、この表現は一寸面白い。いつもとは濃度の異なる日常というべきか。下句はその中で立ち直り前を見つめるという。ふと振り向けば夫がいてその眼差しは私のゆくべき方向を示しているようだ、という。この沈黙の信頼と畏敬の念は『風の人』一巻を貫いている。

真っすぐに天指す緑の麦の穂はわれの心を静かに鼓舞す
差し込める夕日に麦が照らされて穂より光を放ちはじめる
蕗の薹冬を剝がしてゆくように花蕊昇らす残雪の中
芽吹きたる先から生《あ》れし風なるや心なごませ渡りゆきたり
トンネルの出口に見える新緑に向かいて心放たれてゆく
結び目をいつしかほどき吹く風に装い白と決めて出かける
どなたとも言葉交わさぬ一日《ひとひ》なり　ぬくき風持つ夫の帰宅

巻頭から読み始め一首一首、どの一首にも姿勢と心が自ずから立ち上がるものがある。一首目、天指す麦の穂に鼓舞される著者、そしてその穂は夕日が差せば先ずそこから光を放つという。三首目は「冬を剝がしてゆく」が巧い。残雪の中をぐんぐん伸びる様、その勢いを巧く言い得ている。四首目下句の「心なごませ渡りゆきたり」と詠むその風を「芽吹きたる先」より生れた風ととらえる。六首目の「結び目」とは文字通りスカーフかリボンの結び目かもしれないが、心の結び目、かたくなな何かをいつしかほどいていった風を気づいた時、服装は白と思い決まった。作者らしい決断と納得する。七首目はよい歌、幸せな歌と、私事ながら夫を亡くした私には深く身に沁みた一首である。「ぬくき風持つ夫の帰宅」と常に胸に抱く夫君への思いが巧く表現され、金婚式を迎えられた五十年の歳月の結実の一首であろう。

著者の生涯にとって最も大きな出来ごとは、平成六年（一九九四年）十月のクモ膜下出血の罹病。生死に関わる突発的な事件である。

「モノクロームの世界へ」の章は、具体的に冷静にその始終が描かれ本集の圧巻というべき作品群。また著者の人間像もよく現われている。

醒めたれば静まり返る恐怖感集中治療室《ICU》は無機質のにおい
瞬きの音さえ聞けるかＩＣＵに医師もナースも音なく動く

ＩＣＵの目ばかり光る予防衣にて一日三度夫は現る

死ぬことはそんなに怖くありませんストンと落ちるそれだけのこと

唐突にモノクロームの世界へ投げ出され夫の両手に軟着陸す

麻痺・障害・死亡あるいは植物化おどろおどろの医師説明書《インフォームドコンセント》

脳圧の下がるまでを外したるわが頭蓋骨は冷凍庫の中

「骨入れ」と主治医は易く言いたれど全身麻酔三度目の手術

排水口に残れる髪のいとおしき術後に伸びたる二センチほどの

出勤する夫送りだす日の来たりコートを着せる仕草変わらず

きびきびと動き事の処理が明断で機敏な現在の著者をみていると、とてもこのような体験をしたとは思えない。医学の進歩と、天恵ともいうべき彼女の強運を思うのである。あとがきには夫君のことを、

　クモ膜下出血に倒れ一命を取りとめた時はもとより、日々の生活や大きなエポックには必ず傍らにいて、そしてその判断は間違いなく私を導いてくれました。

ときっぱり書かれている。生死に関わる事件の対応も、一つ一つの事にあたっての

即時の判断が適確であったのであろう。即時の決断はそれ迄の人生の推積により醸成されたものである。

ご家族のこと、ご両親、ご親戚のお子さんとの交流もいきいきと詠まれ一首の場面から声も音も動きもたち上ってくるようである。

著者自身がウォーキングをし活発な性格なので動きの描写が立体的に浮き上ってくる。

水鳥の飛び立つごとく傘開き雨降りしきる街へ出で行く
全身が浅葱色に染まるまで五月の森をウォーキングする
啄木鳥のドラミングの音高くなり落葉賞でつつ深秋を行く
一万キロ越える旅より帰りきぬ方寸に収まらぬ高まり抱え
乗るわれの視線感じたるか頭を垂れる一瘤駱駝の長い睫毛
薄紙の目隠し解きたる雛人形やわき吐息をほっとこぼせり
雛壇に小さな吐息が重なって部屋の空気は早春の色
唐突に胸の内へと攻め込みてさっと去りゆく桜の開花
やわらかな光のそそぐ春立つ日何からわれの春を始めん

果たしたき事つぎつぎと湧きくるを少しの恐れも力となさん
芽吹き待つケヤキの樹液の色という山を彩る灰黄色の林

さくら、芽吹き、春を詠んだ作に佳品が多く触れればきりもない。お読みくださる方が一首一首、景を思いうかべ一語一語味わって読んで頂きたいと思う。

四十歳を前に大学進学を決意されたこともなかなかできないことである。若い時とはまた異る深い学びがあったことと思われる。

手術も進学も就職もその時その時の重大事であるが、とにかく懸命に越えて、実りの多い作品集となったことを心よりお喜びする。

年を重ねるほどに作品世界が深くなってゆくのは、日々の「くらし」への思いが深くなること。五十年の歳月は著者自身である。

「われ向かう先を示す目をして」常に背後に在る夫君と共に、この後の一そうのご健詠を祈る者である。

平成二十九年十月十日

あとがき

このたび、六度目の干支の巡りと結婚五十年の金婚式を迎えられました事に感謝をし、これまでの軌跡を纏めておきたいと上梓いたしました。

滋賀県職員の父と京都の商家の生まれである母。四人兄弟の次女として父の赴任地大津市に出生しました。

高校卒業後は株式会社滋賀銀行に就職し、結婚後は夫の転勤に伴い京都市山科区と東京都新宿区に六年余りを過ごしました。

帰郷後に嘱託行員として再就職しましたが、四十歳を目前にした時、図らずも大学進学のチャンスに恵まれ立命館大学文学部に入学しました。

東京在住時に伊勢丹百貨店の「生方たつゑ短歌教室」の門を叩いたのが短歌との出

会いでしたが、先生のご病気で数回を数えず閉講になりました。

「好日」の入会は平成三年の辻信子先生との出会いで、私の短歌への道を開いていただきました。

この度は二十六年余りの歌より五八六首を選びましたが、年代は小題に合わせ順不同となりました。

慌ただしくも充実した年月をこうして歌集に纏める事が出来ましたことは大きな喜びです。


表題の「風の人」は、結婚当初の住まいである日野町の家を数年前に週末を楽しめるように改築し、週日は現在地の草津市で生活するという二地域を往来することになりました。二地域を往来しつつ日々を過ごす人を「風の人」という言葉で表すことを知り、今の状況や私の気持ちに添うと思いました。


クモ膜下出血に倒れ一命を取りとめた時はもとより、日々の生活や大きなエポックには必ず傍らにいて、そしてその判断は間違いなく私を導いてくれました。

また、この歌集を上梓するにあたり、私の希望で夫の趣味の写真作品を掲載することを快諾してくれました瀧沢守への感謝を記します。

この度の出版に際しましては「好日」や「神戸文月会」でご指導を仰いでおります神谷佳子先生の暖かいご助言とお励ましのもと、心温まる跋文まで賜り大変ありがたく心より感謝申し上げます。

好日選者の小西久二郎先生をはじめ平素より選歌、ご指導をいただいている古木さよ子先生、好日の諸先生方には一方ならぬお導きをいただき、ありがたく思っております。

そして、草津歌人会でご指導をいただき、この度の出版に際しては編集、校正等全てにわたりご助言をいただきました、畑谷隆子先生に感謝と共に厚くお礼申し上げます。

出版にあたりまして装幀を上野かおる様に、発刊には青磁社永田淳様の的確なアドバイスの下に進められましたことを厚くお礼申し上げます。

平成二十九年十一月三日

瀧沢　宏子

著者略歴

瀧沢　宏子（たきざわ・ひろこ）

昭和三十八年三月　滋賀県立甲賀高等学校卒業
平成二年三月　立命館大学文学部卒業
平成三年六月　好日社入社
平成十三年　〃　同人
平成八年・十一年・二十年　好日新人賞佳作

現住所
滋賀県草津市野路一丁目十五番十五－一三〇一号（〒五二五－〇〇五九）

好日叢書第二八九篇

歌集 風の人

初版発行日 二〇一七年十二月一日
著　者 瀧沢宏子
定　価 二五〇〇円
発行者 永田　淳
発行所 青磁社
京都市北区上賀茂豊田町四〇－一（〒六〇三－八〇四五）
電話 〇七五－七〇五－二八三八
振替 〇〇九四〇－二－一二四二二四
http://www3.osk.3web.ne.jp/~seijisya/
写　真 瀧沢　守
装　幀 上野かおる
印刷・製本 創栄図書印刷

ISBN978-4-86198-396-2 C0092 ¥2500E